KB043371

지금 여기에

지금 여기에

1판 1쇄 : 인쇄 2020년 09월 25일
1판 1쇄 : 발행 2020년 09월 29일

지은이 : 이양자
펴낸이 : 서동영
펴낸곳 : 서영출판사

출판등록 : 2010년 11월 26일 제 (25100-2010-000011호)
주소 : 서울특별시 마포구 월드컵로 31길 62
전화 : 02-338-0117 팩스 : 02-338-7160
이메일 : sdy5608@hanmail.net

그 림 : 박덕은
디자인 : 이원경

ⓒ2020이양자 seo young printed in seoul korea
ISBN 978-89-97180-89-9 04810
ISBN 978-89-97180-00-4(set)

지금 여기에

이양자 시집

2020 · 서영

이양자 시인의 첫 시집 출간을 축하하며

    이양자 시인은 전남 장흥에서 태어났다.

    자녀들이 모두 결혼하여 각자의 인생길로 나섰을 무렵, 갑자기 남편을 잃었다. 그 슬픔이 그녀로 하여금 시를 쓰게 했다고 한다. 아릿한 고통을 이겨내기 위해, 스스로 변화를 위해 새 출발의 신호탄으로 쓰기 시작한 시 창작이 차츰 알뜰한 결실을 맺어갔다.

    2017년 6월 28일에 첫 시 [고향]을 발표한 이래, 토실토실한 열매 100여 편의 시를 세상에 내놓게 된 것이다.

    월간지 [문학공간] 시 부문 신인문학상에 당선되었고, 계간지 [동산문학] 수필 부문 신인문학상에도 당선되어, 이양자 시인은 문단에 정식으로 데뷔하였다. 이후 성실히 작가의 길을 걸어갔다.

    그러던 중 훈민정음 백일장 수상, 광주문인협회 백일장 수상, 예술 교육 문화상을 수상했으며 2020년 6월에는 삼행시 문학상 은상을 수상하기도 했다.

    이양자 시인과 필자는 한실문예창작 문학 동아리에서 만나, 3년이라는 시간 동안 1주일에 한 번씩 시 창작에 대한 토론과 실제 교정 훈련을 통해 착실히 문장력을 길러왔다.

이양자 시인은 현재 한실문예창작 회원, 광주수필 회원, 탐스런 문학회 회장 등으로 활약하고 있다.

이양자 시인의 인품은 맏며느리 같이 늘 넉넉하다. 오랫동안 시부모님을 모셨던 그 품으로, 다른 시인들이 가지고 온 개개인의 고민거리를 온화한 표정으로 상담해 주기도 하고, 모임이나 만남의 분위기를 따스하게 이끌어 간다. 그러면서도 만년 소녀 같은 마음가짐으로 수줍게 살아간다.

늘 겸손하고 소박한 살림꾼으로, 안정감 있는 삶을 꾸려 나가고 있다. 모든 게 적절히 잘 갖춰져 있어, 수많은 나날이 흘러가도 전혀 흔들림이 없다. 그토록 따스하고 정 많고 성실한 시인의 손에서 이토록 향긋한 시들이 쏟아져 나왔으니, 참 경이롭기 그지없다.

자 그럼, 지금부터 이양자 시인의 시 세계에 빠져 보도록 하자.

조그마한 꽃들이
송이송이 모여
살포시 자리한
탐스런 꽃봉오리

서로 서로 의지하여
수채화 한아름 바구니에

이양자 시인의 첫 시집 출간을 축하하며

싱그러운 함박웃음 넘친다

보면 볼수록 영롱한 파스텔
이내 떠오르는 그윽한 얼굴
아기자기 꽃망울 터뜨려
아름다운 자태 뽐내고 있다

널쭉한 이파리 두텁고 윤이 나
한눈에 볼 수 있는 톱니바퀴 가장자리
꽉 차오른 분위기는
섬세하고 그윽한 장식품인 듯
녹아 있는 어울림인 듯

화사한 불빛으로
독특한 멋 끌어낸
저마다 고운 빛깔
답답함에 지친 일상
한 박자 쉬어갈 여유도 선물하고

따스하고 소담스레
알록달록 뜰에 피어
아늑한 마음 평온히 달래 준다.

- [수국] 전문

지금 여기에

이 시에서의 시적 화자는 어느 문학 동아리의 정경을 그려내고 있다. 그 문학 동아리에서는 조그마한 꽃들이 송이송이 모여 자리한 채 탐스런 꽃봉오리를 머금고 있다. 이를 내려다보고 있는 시적 화자는 그들의 환한 웃음에 눈길을 준다. 수채화 바구니에 한아름 담긴 싱그러운 함박웃음이 넘쳐나고 있다. 홀로 외로워 떨고 있지 않고, 서로 의지하면서 살아가는 모습, 끝까지 웃음을 잃지 않은 모습이 아름답다. 볼수록 영롱한 파스텔빛, 이내 떠오르는 그윽한 얼굴처럼 아기자기하게 꽃망울 터뜨려 놓고, 아름다운 자태를 뽐내고 있는 수국, 두텁고 윤이 나는 이파리, 그 가장자리 톱니바퀴 모양, 이 모든 게 어우러져 섬세하고 그윽한 장식품인 양 앉아 있다.

이거야말로 녹아 있는 어울림, 즉 디코럼이 아닐까. 어쩌면 이양자 시인이 궁극적으로 바라는 것은 모든 것들의 어울림, 즉 디코럼의 세계가 아닐까 싶다.

한여름 내내 뙤약볕에서 일하는
씨앗아기 많이 품은
아리따운 새댁

울퉁불퉁 깊은 주름 새기는 줄도 모르고
중심 무너지지 않게 받쳐준다

가을 향기 머금을 때까지
달지도 강하지도 않는 노랑꽃
밤길 밝히고 있다

숨막힌 삼복더위 견뎌낸
기다림들이 쳐서 넘은 입동까지
건너간다

풍요롭고 여유로워
펑퍼짐한 품

호박죽에 찹쌀가루 걸죽하게 끓인
깊은 맛
그 속에 어머니의 사랑 담겨 있다

달콤한 맛과 향이 몽골몽골 솟아나
희미해진 옛 모습 아련히 떠오른다.

- [늙은 호박] 전문

　　이 시에서의 시적 화자는 늙은 호박을 애정어린 시선으로
바라보고 있다. 호박은 한여름 내내 뙤약볕에서 일하는 씨
앗아기 많이 품은 아리따운 새댁이라고 메타포로 묘사하고
있다. 아주 절묘한 표현이다.

호박은 울퉁불퉁 깊은 주름 새기는 줄도 모르고 지내며, 가을 향기 머금을 때까지 노랑꽃으로 밤길 밝히면서, 삼복더위뿐만 아니라 처서 넘은 입동까지 잘 건뎌낸다. 그러다가 풍요롭고 여유로운 품을 지니게 된다. 나중에는 찹쌀가루와 만난 걸죽한 죽으로 태어나 어머니의 사랑을 대신한다.

그 달콤한 맛과 향이 향수에 젖게 하고, 동시에 어머니를 떠올려 더욱 그립게 한다. 늙은 호박을 매개체로 향수와 어머니의 사랑을 이끌어내는 시적 형상화 솜씨가 아주 세련되어 있어 눈길을 끈다.

숨어서 울던
좁은 길 조심스레 걷다가
절벽 타고
낭떠러지 향해
가파르게 퍼붓는다

시원스레 떨어지는
서럽고 차가운 물
덩어리진 슬픔이
거칠게 쏟아진다

기댈 데 없는 우뚝 솟은
달빛도 콸콸콸

내려친다

바위 타고 오르는
소나무의 질긴 생명처럼
세차게 퍼지며 비우는
물보라

내려놓고 비우기 위해
가슴에 앉은 오래 묵은 때
싹 씻어 내린다.

- [폭포] 전문

이 시에서의 시적 화자는 폭포에 눈길을 고정시킨다.
원래 그 물줄기는 숨어서 울던 좁은 길을 조심스레 걸어
오다, 절벽을 만나 낭떠러지를 향해 가파르게 퍼붓는 존재
가 되었다. 떨어질 때는 서럽고 차가운 물이 되어 떨어진다.
덩어리진 슬픔도 거칠게 쏟아진다. 그와 동시에 기댈 데 없
는 달빛도 콸콸콸 내리꽂힌다. 바위 타고 오르는 소나무의
질긴 생명처럼 세차게 퍼지며 내리다가, 이번에는 비우기를
몸소 실천한다. 가슴에 앉은 오래 묵은 때도 싹 씻어 내리
며, 이윽고 내려놓고 비우는 삶의 의미를 깨닫고 체득한다.
　시는 결국 사물의 새로운 해석을 통해, 한 단계 성숙의 단
계로 나아가는 건 아닐까. 이 시는 이에 대해 명쾌한 답을 해

주고 있다.

저녁 하늘로 퍼지며
활활 타오르는
주황빛 불꽃

기약도 없는
그리움의 발걸음
마냥 붙잡으며
담장 서성이는
시린 가슴

강물도 굽이굽이
헤어지다 다시 만나는데
발돋움해 보아도 바람만 불어
오늘도 말없이 임 향한다

칠흑 같은 어둠에도
보고픔에 사무치다
꽃송이째 뚝

돌담 너머
안타까이 기다리는

가슴앓이
침묵 속에 불타는
단 하나의 사랑.

- [능소화·2] 전문

　이 시에서의 시적 화자는 능소화를 예찬하고 있다. 저녁
하늘인데도 아랑곳하지 않고 퍼지며 활활 타오르는 주황빛
불꽃 능소화, 기약도 없지만 그리움의 발걸음마냥 붙잡으며
담장 위를 서성이는 시린 가슴 능소화, 애끓은 심정으로 발
돋움해 보지만 애꿎은 바람만 불어올지라도 말없이 임을 향
하는 능소화, 그러던 어느 날 칠흑 같은 어둠 속에서 보고픔
에 사무쳐 꽃송이째 뚝 떨어져 버리고 마는 능소화, 그건 돌
담 너머 안타까이 님을 기다리는 가슴앓이였다. 바로 침묵
속에 불타고 있는 시적 화자의 단 하나의 사랑이었다.
　능소화를 관찰하면서, 그 모습과 시적 화자의 사랑을 우
연인 듯 연결시키는 솜씨가 탁월하다. 시인이 독자에게 선
물하는 이 공감대, 이 공감력, 이 삭막한 시대에 꼭 필요한
요소가 아닐까.

벗기고 또 벗겨도 나오는
영원한 생명

만져질 듯 오붓한

하얀 속살

시골 마당 작은 공간에도
돌담 휘어지는 당찬 향

감칠맛 나는
영양 만점 발란스

동글 납작
맛 좋은 소박한 채소

질병 예방에다 살도 빼는
만능 활력소

사각사각 달달하고 부드러워
가까이 하고픈 보랏빛 친구

어른 아이 모두를 위한
마음의 고향.

- [양파] 전문

이 시에서의 시적 화자는 양파에 대한 예찬을 줄기차게 펼
치고 있다. 벗기고 또 벗거도 나오는 영원한 생명이 양파라

고 전제한 뒤, 만져질 듯 오붓한 하얀 속살과 시골 마당 작은 공간에서도 돌담 휘어지는 당찬 향에 찬사를 보낸다. 게다가 감칠맛 나는 영양도 갖추고 있고, 동글납작 맛도 좋고, 질병 예방에다 살도 빼는 만능 활력소라 추켜세운 뒤, 사각사각 달달하고 부드러워 가까이 하고픈 보랏빛 친구라고 말하면서, 어른 아이 모두를 위한 마음의 고향이라는 극찬의 말로 끝맺음을 한다.

어쩌면 각박한 사회에 꼭 필요한 사람, 그가 바로 양파 같은 사람이 아닐까라는 화두를 던져 놓은 듯하다. 이 시를 읽고 가슴속이 찔리는 이들이 많을 듯하다. 선 굵게 이끌고 가는 메타포도 힘이 있어 좋아 보인다.

처음 다짐한 마음
가장 순수한 봄햇살

비어 있는 그곳에
몸도 맘도 파릇파릇

무얼 담을까
무얼 심을까

열정도 있고
호수처럼 맑은

땀방울도 있다

시간 지나
살포시
바람이 새어 나간다

무시로
왔다갔다
휘청거릴 즈음

정신 차려
만져 보고 되새겨 보고

첫 마음 저울에 달아
틈새 줄인다

퇴색되지 않는 열심
단단히 가다듬어

성큼성큼
걸어가자.

- [초심] 전문

이양자 시인의 첫 시집 출간을 축하하며 ▪

이 시에서의 시적 화자는 초심의 세계를 다시 정리하면서 흐트러진 마음을 다잡고 있다. 누구나 무슨 일을 할 때 초심이 있다. 처음 다짐한 마음, 그것은 마치 가장 순수한 봄햇살 같다. 비어 있어, 몸도 맘도 파릇파릇하다. 하지만, 살다 보면 변질이 된다. 자꾸 담고 싶고 하다 보면, 차츰 변할 수 있다. 열정과 호수처럼 맑은 땀방울로 초심을 지키려 애쓰지만, 바람이 새어 나가고 휘청거리다 보면, 방향이 틀어질 수 있다. 정신 차려 만져 보고 되새겨 보고, 또 첫 마음을 검토하여 벌어진 틈새를 줄여 보고, 열심을 가다듬어 성큼성큼 걸어가면서, 초심을 유지하고자 애를 쓴다.

건강한 세상살이, 성공하는 삶, 후회하지 않은 인생을 위해, 새겨두고픈 초심의 세계를 서두르지 않고 차분하게 그려놓고 있다. 시의 길은 이처럼 우리의 초심이 흐트러지지 않도록, 마음의 깃발을 세워 주고, 비틀어지고 틈새가 생긴 인생길을 추스러 주는 역할을 하고 있지 않나 생각해 본다.

연일 계속되는
무서운 놈

더위 먹은
노을빛 고독

빠른 속도로

한 해 한 해가 다르다

몇 년 사이 점점 벌어지는
하늘의 저장 창고

차곡히 쌓인
한 줄기 불꽃.

- [폭염] 전문

　이 시에서의 시적 화자는 폭염에 대해 관찰하며 걱정하고
있다. 연일 계속되니 무섭다. 노을빛 고독도 더위를 먹었다.
한 해 한 해 폭염의 강도가 다르다. 점점 벌어지는 하늘의 저
장 창고, 차곡히 쌓인 불꽃들이 지상에 내려와 괴롭히고 있
다. 무서운 놈이다. 고독마저 더위 먹게 하는 존재, 이 지상
에서 사람을 지속적으로 괴롭히는 존재, 무섭고 두렵고 성
가신 존재다. 어찌 폭염만 그러겠는가. 가식도 그렇고, 허위
도 그렇고, 불의도 그렇다.
　시는 이렇듯 사람에게 두려운 존재, 무서운 존재, 성가신
존재를 파헤쳐 고발하고 밝혀내고 추방하는 일을 지속적으
로 해야 한다는 메시지를 이 시는 담고 있다.

햇살 엷게 내리는
언덕배기

애수 짙은 가녀린 몸매

오롯이 핀 고운 맵시는
정갈한 가을 여인

진한 차향으로 유혹하듯
은은히 맴도는 화사함

지칠 줄 모르는
청초한 사랑
잠잠히 기다린다.

- [코스모스] 전문

이 시에서의 시적 화자는 코스모스를 가을 여인과 오버랩시켜 바라보고 있다. 햇살 엷게 내리는 언덕배기에 코스모스는 가을 여인처럼 서 있다. 애수 짙게 배인 얼굴을 한 가녀린 몸매, 고운 맵시, 정갈한 모습, 진한 차향으로 유혹하는 듯 은은히 맴도는 화사함, 지칠 줄 모르고 이어오는 청초한 사랑을 간직한 채 서 있다. 어쩌면, 시적 화자가 그 누군가를 코스모스와 같은 모습으로 잠잠히 기다리고 있는지도 모르겠다.

시적 화자를 내세워, 때로는 객관적 상관물을 내세워, 시인의 내면과 시인의 세계관을 대변하게 하고 있는 시, 이런

시가 있기에 인간 세계를 더욱 다채롭고 다양한 시야로 바라볼 수 있게 되는 것 같다.

    따사로운 능선에
    소박하고 아름답게
    날아들어 속삭이는
    편지

    언덕 넘나들며
    여기저기 다친 자욱
    포근히 감싸 주는
    솜사탕 물결

    여유로움 가득히
    가을 머문 곳
    곱디고운 시심과 함께 펼치는
    은빛 향연.

                            - [억새] 전문

   이 시에서의 시적 화자는 햇살 따사로운 날, 산능선에 소박하고 아름답게 날아들어 속삭이는 편지를 발견한다. 언덕 넘나들며 여기저기 다친 자욱 포근히 감싸 주는 솜사탕 물결, 여유로움 가득히 가을이 머무는 곳, 곱디고운 시심과 함께 펼치는 은빛 향연, 그게 억새 편지다.

억새를 통해, 포근히 감싸 주는 세상, 여유로움 가득한 가을, 곱디고운 시심, 그런 것들이 함께 어우러져 펼치는 은빛 향연, 그리고 아름다운 속삭임까지 만나볼 수 있다.

시인은 어떤 사물에 대한 새로운 해석을 해놓고, 그 해석을 통해 의미와 방향과 맛과 멋을 동시에 만끽할 수 있게 해 준다. 그래서 독자는 행복하다. 그 행복을 시인은 끊임없이 제공해 주고 있다. 참 고마운 사람들이다.

지금까지 살펴본 바와 같이, 이양자 시인은 우리 주변에 늘어서 있는 평이한 시어들을 가져와, 그것들로 우아한 시의 탑을 쌓고 있다.

어떤 사물과 상황과 풍경을 자기만의 시야로 새롭게 해석하고, 그것을 찰나 예술로 승화시켜 놓고 있다. 그 과정에서 되도록 장황한 설명은 피하고, 아주 간결한 메타포와 직유와 상징을 사용하거나 이미지 구현을 통해 선명한 그림을 그려, 감미로운 시의 향기를 전하고 있다. 마치 인간의 굳어져 딱딱한 마음에 이슬과 별빛을 뿌려 주는 듯, 서두르지 않고 차분하게 감성 속으로 소롯이 파고들고 있다. 그리하여, 인간이 간직한 초심 속으로, 즉 순수와 진실 속으로 다시 회귀하도록 이끌고 있다.

그렇다고 목소리를 크게 높이지도 않는다. 아주 은은히 때로는 고즈넉이 오솔길 거닐 듯 나란히 동행하면서 포근하게 다독이고 있다. 시가 왜 이 땅에서 사라지지 않고, 여전히 우리 독자의 곁에 남아 있는지를 이양자 시인은 자기 시를 통해 입증해 주고 있다. 현란하고 억지스런 시어 배치 없이도, 얼마든지 독자의 가슴속에 스며들어, 감동의 전율을 이끌어낼 수 있다는 것을 보여 주고 있는 이양자 시인에게 이 시간 아낌없는 박수를 보내주고 싶다.

앞으로도 꾸준히 정진하여, 지속적으로 즐겁게 시 창작하고, 또 좋은 시들을 모아 시집을 펴내면서, 여생을 알차게 꾸려가기를 빌어 본다. 나아가 치열한 현실 인식 위에, 보다 긴 산문시에도 도전해 보고, 삶을 다채롭게 해석하여 이를 이미지로 빚어내고, 그리고 다채롭게 낯설게 하기를 통해 이 세상을 아주 재치 있게 표현해 주기를 바란다.

이후 제2, 제3의 시집도 멀지 않은 날에 볼 수 있기를 기대해 본다. 이양자 시인처럼, 시를 쓰며, 시집을 발간하며 살아가는 우아한 삶에 보람을 느끼는 인생에 함께 동참하고 싶다.

– 엄청난 폭우가 쏟아지는 여름 자락 한복판에서

한실문예창작 지도 교수 박덕은
(전북대 문학박사, 전 전남대 교수, 문학평론가, 동화작가, 화가)

이양자 시인의 첫 시집 출간을 축하하며

작가의 말

　시작이 반이다.
　취미로 시를 써 본다는 것이 갑작스럽게 등단을 하게 되었고 이제는 시집을 내게 되었다.
　시작이 반이라는 말이 이럴 때 쓰는 말인 것 같다.
　어느 날 갑자기 병원의 잘못된 의료 사고로 남편을 잃었다.
　걷잡을 수 없는 두려움에 직면했다.
　대학병원이라는 거대한 힘에 맞서 억울함을 글로 표현하고 싶었다.
　결혼 전 교사 생활을 하면서 '교단수기'가 교육지에 실리게 되었다.
　그 계기로 글을 써야겠다는 생각이 내 마음을 흔들었다.
　또한 억울한 자의 방조자가 되어서는 안 되겠다는 마음으로 글을 썼다.
　답답한 현실 앞에 분한 심정을 절절히 토해냈다.
　다행히 내 글을 읽고 자신의 생명을 건졌다는 독자의 따뜻한 말도 들었다.
　많은 책을 병원 앞에 놔두라는 위로의 말도 들었다.

그 후 차츰 글을 쓰다 보니 수필에도 등단할 기회가 주어졌다.

　늦은 나이에 글을 쓰면서도 취미 삼아 시 공부도 해 보고 싶다는 작은 욕심이 생겼다.

　미흡하고 부끄럽지만 용기 내어 한 권의 시집을 펴내게 되어 가슴이 벅차오른다.

　글을 쓰면서 무엇보다 지난날의 허물과 아픔도 지울 수 있어 기쁘다.

　그동안 정성껏 이끌어 주신 한실문예창작 지도 교수 박덕은 문학 박사님에게 깊은 감사를 드린다.

　탐스런 문학회의 진심 어린 성원과 우의에도 감사한다.

　그리고 예쁜 우리 손주들과 글을 쓸 수 있도록 따뜻한 보살핌으로 쉼 없이 도와준 아들네 가족에게도 고마움과 사랑을 전한다.

- 광주에서　이양자

이 양 자

박덕은

시냇물이 흐르는 곳에
낭만 한 그루 서 있었다

어느 날 소녀의 순수가
찾아와 기대어 잠든 사이

시냇물과 나무는 스스럼없이
소녀의 가슴으로 스며들었다

솔바람 불고 향기 날리는
동산에서 꿈결이 자라고

뭉클한 거기 한복판에서
무지개가 수직으로 치솟았다

천둥번개 요란스레 치던 날
빛은 사라지고 비바람이 울었다

봄이 부드런 시심 몰고 와
몸과 마음 소롯이 껴안을 때쯤

가슴속 시냇물이 다시 흐르고
동그라미들이 춤추기 시작했다

모처럼 찾아온 평온의 고요
발밑에 물안개처럼 사르르 깔려

촉촉이 젖어 감기운 눈시울을
살갑게 보듬어 주고 있다

그 순간 눈물겹도록 정겨운
낭만의 꽃들이 송이 송이 피어난다.

차 례

1장 ── 우리집 달력

2부 ── 7월 아침에

3부 — 늙은 호박

4부 — 지금 여기에

지금 여기에

제1장 우리집 달력

올 추석

손주들과 함께
차례 지낸 뒤
은은한 빛으로 되살아난
가장 밝은 달빛
뻥 뚫린 여수 밤바다
바라보다 살며시 찾아온 옛 추억

여수 군산
가까우면서도 멀기만 했던
아버지 일터
의연한 초목같이 산 넘는 해풍
날개 펼친
두 겹 향이 가슴 채운다

어느 것이 예쁘나
쫄깃쫄깃 초승달
자식들 기다리며 만든 송편
쌍가락지 낀 어머니의 단아한 모습

허공에 달고 있다

봄내 여름내
일 많던 종손며느리
후련하게 내리꽂는 폭포 옆으로
징처럼 찌잉 가슴 울린다

한가위 길가에
풀어놓은 배롱나무꽃
파도 타고 밀려와
잊지 못할 그리움
마음에 담는다.

박덕은 作 [잊지 못할 그리움](2020)

어머니

쪽머리 한복 곱게 차려입고
나서는 오일 장날
유일한 나들이였다

층층시하 종손 며느리
시부모님 봉양에
일손 많은 나날들

하늘의 운항과
땅의 이치
그 의미는 몰라도

언 땅 풀린 봄이면 씨 뿌리고
여름 땡볕 아래
곧게 엎드려 흙밭 김매고

서리 내리기 전 가을
정성 들여 쌓아 놓은 곡식

세찬 비바람도 묵묵히

보금자리 지켜준

소리 없는 눈길

배고파 눈물 흘리지 않았어도

속울음 참아낸

부드러운 나의 어머니.

박덕은 作 [어머니](2020)

손주야

보배롭고 영롱한 떡잎
사랑문 열고
마음껏 날아 보거라

청정한 푸른 나무
넓고 넓은 열린 세상보다
더 넓게 날아 보거라

지혜로운 믿음으로
밝고 밝게
온누리 날아 보거라.

박덕은 作 [손주야](2020)

며느리 사랑

수줍게 돋아나는
봄날의 새싹들처럼
그렇게

훈훈하게 다독이고
아우르는 햇살처럼
그렇게

새록새록 자라가는
피아노 음률처럼
그렇게

별꽃으로 피어난
오롯한 희망처럼
그렇게.

박덕은 作 [며느리 사랑](2020)

우리집 달력

우리집에 맞는
인테리어 벽걸이

간결하고 심플한
추억 담을 여백

쉬는 날 빨간 연휴
주중일까 주말일까

감동으로 펼치는
크고 작은 가족 행사

지난 일 찬찬히 떠올려
메모하는 앞날

멋스럽게 장식되는
사계절의 변화

소중한 일상 조화롭게
채워가는 나만의 일 년.

박덕은 作 [우리집 달력](2020)

세뱃돈

가족 친지 안부 물으며
한상 차려진 설날
주는 기쁨 받는 기쁨 가득

시간이 흐르자
복주머니 속에
사랑까지 듬뿍 담긴다

보살피고 아우르는
큰 사랑으로 세배하니
남실남실 정감 넘치는 반석

가슴속에 콕콕 박아 놓은
아름다운 별빛들
빳빳한 용돈이랑
보드란 덕담이랑 함께
정깊게 전해 준다.

동지죽

물에 삶아낸 팥에
새알 동심
맛보는 진한 추억

일 년 중
가장 긴긴밤

출출함 달래 주는
사각사각 얼음 섞인 감칠맛
탱글탱글 찰진 쫀득이.

제2장 7월 아침에

안부

편안한지 잘 지내는지
일상의 소소한 일 다행스럽고 떨리는 일
서로 묻고 사는 것

사람에게는 사람만이 유일한 희망
믿음의 손을 번개처럼 달고
다정다감히 써 내려간 주고받는 기쁨

시간은 흘러도 여전히
마음엔 감성의 샘이 흐른다

괜찮아 괜찮아
둘도 없는 사이 다독이는 따스한 말
서로를 위한 바램도
매 순간 떠나지 않는 치유의 따스한 햇살

창가에 그렇게 하루가 아등바등 밀려오면
만나고 차 마시고 얘기 나누는

당연했던 자유로운 시간들

멀리서 들려주는
거창한 말이 아니어도 좋다
곁에 부재한 누군가 다가와
서로를 격려해 주면 된다

아득한 시간 시간
가슴 시큰해진 사랑의 시선이
기다려지는 끈끈한 바다
오늘도 저리 깊게 젖어 있다.

박덕은 作 [차 한 잔](2020)

벗

단단히 뿌리 내린
깊고 푸른 나무

서로가 기꺼이
마음줄 이어져

결코 흔들리지 않는
인생 동반자

붙잡아 두지 못해
속절없이 세월은 가도

오매불망 날갯짓
멈추게 될 그 날까지

예약할 필요 없는
최고의 심리 치료사.

친구

정겹고 반가움 나누는
이야기꾼

속마음 투덜거려도
웃어 주는 고운 향기

마냥 살펴 주는
불빛 같은 눈길

서로의 가슴에
유유히 흐르는 푸르름.

송년회

가슴속 텅 빈 항아리처럼
맞이할 아름다운 마무리

흐드러진 벚꽃
밤하늘에 수놓고
머릿속 맴돌아
마음에 새긴다

엊그제 했던 새해 인사
바다 향해 쉬지 않고 흐르는 물
새로운 길 안내하는 도구인 양
어느덧 저물어 간다

담소 나눈 소중한 시간들
원탁 위 고즈넉한 풍경은
마음 따스한 묘약이고
생활 속 그윽한 보석

어깨 위 나란히
가담가담 새로움 안고
분홍빛 실타래 풀어
이제 누군가를 위한 나눔으로
향기 가득한
또 다른 시작.

박덕은 作 [아름다운 마무리](2020)

배려

진실 담은
가치는
서로 도와 함께한다

지루한 일상에
잘 어울린 연결고리
사소하지만 위대하다

성인들도 제각기 다른 표현으로
도리를 강조하지만
일관됨이 그 안에 있다

세상을 변화시키고
감동 주는 가장 큰 힘은
서로 겨룸이 아니라
따스한 격려이다.

풍암정에서

바람 따라
오솔길 오르니
멀리 바라뵈는 호수는
잔잔한 잿빛 바다

연둣빛 숲속에
아련한 여정의 추억
오페라 하우스로 솟아 있다

뭉클한 그리움
신작로 줄지어
달리고

둘러싸인 푸르름 속
어디선가 노랫소리
어렴풋이 들려온다.

7월 아침에

몽롱한 정신
해맑게 밝아오는 날
커튼 열어젖히고
창문을 연다

차가운 공기 날갯짓
집안 가득 너울너울
하늘색 마음색이 같아
소박한 고향 내음 나풀나풀

빌딩숲에 비친 햇살
아직 집안에 닿지 않지만
바라보는 그곳
뒤안길 서성인다

잠시나마
앉아 쉬고 있는 여유
아픔만큼 더 성숙해져

평온하고 평안하다

베란다 창틀에 고개 기울여
머언 발치서
사람도 차도 띄엄띄엄
신선한 공기
거스르지 않고 조화롭다

앞뜰 사이사이 펼쳐진
푸른빛과 어우러져
잔잔한 이야기 함께 나누는
호사스런 꽃들이
앙증스레 손짓한다.

박덕은 作 [7월 아침에](2020)

가벼운 등산

봄꽃이 만개하니
바깥 공기도 마실 겸
천천히 동네 산책로
운천 저수지 스쳐 지나
낮은 산자락 따라 걷는다

산의 진입로 향한
비탈져 아담한 샛길
울퉁불퉁 오르막
가파른 내리막
짜릿한 전율이 감도는
자연의 무대 걷는다

계곡 따라
드문드문 햇살 쏟아져
허리 낮추고 고개 숙인 채
말없는 산 외로운 길
진정으로 위로해 주는 발걸음이

천천히 걷는다

풋풋한 아침
잠 못 이뤄 술렁이던 심경도
모든 짐보따리 풀어
찌꺼기 사라지듯 긴 호흡 트인 가슴
순탄한 평지가 인생과도 닮아
한 줄기 흘린
시원한 바람으로 씻으며
여유로이 걷는다

침묵의 바위가 누워
맞이해 주고
드문드문 사람 내음
지천에 깔린 분홍 진달래
숲향과 함초롬 생강나무꽃 어우러져
사박사박 소박한 발걸음이
환히 웃으며 걷는다.

해돋이

맑은 하늘이 어느덧
저 먼발치에서
지평선 걸쳐
아쉬움 남은
실날 같은 한 해

파도 소리 노을빛 어우러져
하늘 기운 서서히 번지고
해거름 수평선으로 사라져
다시 오지 않을
붉은 그리움 절벽에 걸쳐 놓는다

새해 첫날 한파에도
지나친 기대인가
항상 갖고 있어야 할
오매불망 소원 빌자고
첫 순간 맞이하는 일출

독도에 가장 먼저 솟으니
이곳 저곳 뒤질세라
화기 넘친 분위기
곳곳에 이국 풍경은
한반도의 깊은 울림
동해 바다에 떠오른다.

박덕은 作 [해돋이](2020)

올겨울 끝자락

매서운 추억도 없이
한 사발 눈도 내리지 않은 채
어느새 겨울 막바지

달콤한 봄의 문턱
정이 흐르는 숲
꽃잎 같은 일상이 피어난다

찬바람에 속저고리 살포시 여미고
움츠려 녹이는 햇살
이렇게 또 계절이 가고 있다

입춘 지나고
말라 버린 나뭇가지 사이
저 너머 겨울
두드려 손짓한다

하얀 설경 위

희미한 그리움 향한
마지막 커피향
폴폴 풍긴다.

박덕은 作 [올겨울 끝자락](2020)

초겨울

가을 끄트머리
나무에 붙은
몇 개 남은 잎새
바닥에 뒹굴고

구름 가득한 하늘엔
실바람 흔들어
품안으로 도톰한 옷
갈아입는다

총총 달리는 세월
다시금 다가오는
겨울 내음
정겨운 화려함이
마법인 양
사르르 그립다

아기자기 모여든

군밤 나눈 아랫목
첫눈 볼 수 있는
기대로 고즈넉이 맞이한다.

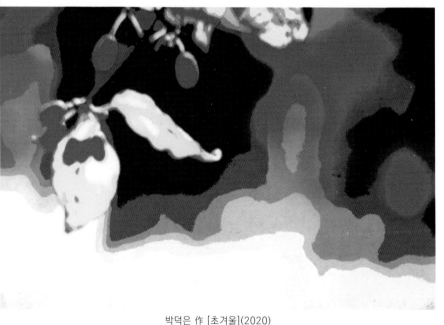

박덕은 作 [초겨울](2020)

피서지의 하루

도란도란
밤잠 설치는
설레임

어느샌가
잔잔한 푸른빛으로
돌아오네

질푸른 재미
찰칵찰칵
아련히 미소로 바라보리

노을의 화려한 바다는
서서히 회색빛으로
덮고 있지만

별들이 보이고
정겨운 파도 소리
한가로이 노니네.

박덕은 作 [피서지의 하루](2020)

제3장 늙은 호박

여름숲

자식 같은 어린것들에게
그늘로 꽉 채운
푸짐한 바람밥상을 차려준다.

박덕은 作 [여름숲](2020)

수국

조그마한 꽃들이
송이송이 모여
살포시 자리한
탐스런 꽃봉오리

서로서로 의지하여
수채화 한아름 바구니에
싱그러운 함박웃음 넘친다

보면 볼수록 영롱한 파스텔
이내 떠오르는 그윽한 얼굴
아기자기 꽃망울 터뜨려
아름다운 자태 뽐내고 있다

널쭉한 이파리 두텁고 윤이 나
한눈에 볼 수 있는 톱니바퀴 가장자리
꽉 차오른 분위기는
섬세하고 그윽한 장식품인 듯

녹아 있는 어울림인 듯

화사한 불빛으로
독특한 멋 끌어낸
저마다 고운 빛깔
답답함에 지친 일상
한 박자 쉬어갈 여유도 선물하고

따스하고 소담스레
알록달록 뜰에 피어
아늑한 마음 평온히 달래 준다.

박덕은 作 [수국](2020)

튤립

길게 뻗어 매끈한 몸매
푸르스름한 녹색 잎
향기 나는 술잔 모양은
하늘 떠받치고 있는 자태

화사한 주황색의 독특함
깨끗하고 청초한 흰색
봄 깊숙이 뿌리 내린
보랏빛 신비로워
무리 지어 깔끔함이
고풍스럽다

귀족적인 태고의 전설은
흐름이 바뀌면서
곳곳에 사뭇 고결하고
우아하기까지 하다

따스한 날엔 활짝 피고

그늘에서나 밤에는
반쯤 벌어진 얼굴로
자연과 어우러져
하루하루 달라지는 모습이
경이롭다

탁자 위에 사뿐히 놓은
사랑의 증표
핑크빛으로 정갈하고 깔끔하게
머무르거나 휴식 취할
매혹적인 그 영원한 사랑

드넓은 정원에 만개하여
형형색색 돋보이는
고향의 향수처럼
연신 솔바람 가르며
묵묵히 타오르는
꽃 중의 꽃.

그늘

빛 저 너머에
통하는 바람인가
여유로운 공간에
감도는 아련한 사연들

회색 응달에
도움의 손길 건넸던
옛 추억
덧없이 흘러간
쓸쓸한 초로

커튼처럼 어울린
크고 작은 인연들 속
깊숙한 빛 숨어 있는
아스라한 그리움

피로가 사라지듯
한나절 햇살 받더니

오후 살짝
나지막이 배어든 노을발

너와 나 다르면서도
피할 수 없는 세월의 강
수많은 이야기 품고
가로수 아래 스며든
선선한 녹색 가리개.

박덕은 作 [그늘](2020)

수림 농장

무등산 자락 고즈넉한 수만리 삼림
들꽃 사이 아기자기한 손길로
봄철마다 철쭉 화단 즐비한
깨끗하고 너른 남도의 알프스

험한 산세에도
정갈한 포장도로
스스럼없이 다가오는
보기 드문 드라이브 코스
사계절 내내 즐거운 자랑거리

산과 산이
언젠가 오롯이 함께 위해
계곡과 숲으로 어우러진
드높은 초지 청정 지역

앞산 푸른 초원엔 양떼 노닐고
이국적 풍광에 상쾌한 공기

편백나무숲 새소리 물소리
귓전에 들려오는 곳

취나물 두릅 쑥도 많아
앙증맞은 무공해 쑥버무리
해마다 꽃놀이 겸 나물 캐는
이모저모 경이로운 이상향.

박덕은 作 [수림 농장](2020)

베란다 꽃밭

창문 열고 상큼한 바람 맞으며
잠시 앉아 쉴 수 있는 곳
거실에서 바라본
낭만 정원

마음 비우듯 초록빛 나누고
절기 따라 아담한 자태
홀로 무성히 자라 베푸는
꽃들의 향그런 향연

옹기종기 모여 분위기 좋아
오랫동안 머무는 향기
계절 향해 파닥이는 설렘

그 어디에서 즐기는
커피 한 잔의 맛
이만 한 친구 또 있을까

마땅히 지니고 있어도
흔들리지 않는
나만의 색다른 장식

갸륵한 감성
느긋이 바라보면
토닥토닥 위로가 되고
마음의 상흔 치유되는
푸른빛 고운 빛깔
조화로운 자연 공간.

박덕은 作 [베란다 꽃밭](2020)

산행

봄볕 내려앉은 산
철쭉이 반기고
오월의 연초록이
한없이 싱그럽다

하얀 치마 걸친
물줄기 계곡
가파르지 않는 하늘거림이
자리 비워 주려는 듯
푸른빛으로 감돌며 차오른다

차분한 발걸음
천천히 걷는 고즈넉한 산길
바람 한 점 없이 온화하다

긴 오르막길
오르면 다시 내리막길
산등성이로 계곡으로

가파르게 이어진 길
안내판 보며
오른쪽 의자에 앉아 쉬어 가는
이야기꽃도 꿀맛이다

푸른 숲속 오후
몸과 맘 조화 이룬
기특한 즐거움
반짝이는 모든 게
다 아름답다.

박덕은 作 [산행](2020)

겨울비·1

이른 아침 빗소리
창가에 방울방울 맺혀
또르르 낮밤 가리지 않고
싸늘히 흘러내리고 있다

눈 대신 비가 마른 풀잎 적시니
겨울나무 쉼이 필요하듯
추적추적 뼛속 깊숙이 차갑게
있는 그대로 파고든다

비 내리니
희미해져 간 계절
바람 앞에 빗물자국
초록빛 돋는 봄날 기다리듯
조금 여유로이 서서히 다가온다.

겨울비·2

얼굴 위로
차갑게 내린다

잎 떨군 무채색 가지에
아찔하게 하늘거리며

잿빛 하늘
어둠 자욱한 깊은 산에

분무기로 뿌린 듯
미세먼지 감추며.

벚꽃

청아한 하늘
눈부시게 날고파
또랑또랑 활기 넘친
봄의 전령사

마음밭에 하얗게
만개한 자태
옹기종기 모여
가는 곳마다 향연 펼친다

연분홍 살짝 감돌아
천리길 따라 배웅하며
답답함 위로하듯
지천에 미소로 반긴다

민망하리만큼 가혹한 시련에도
하루가 멀다 하고
웃음으로 보답하는 양

무리 지어 피어나는
저 요염한 눈꽃송이

평범한 일상의 자유까지
묶어 버려
생동의 아쉬움 덮고
먼발치서 눈으로만 바라보는
가슴 안이 환하다.

박덕은 作 [벚꽃](2020)

목련화

햇살 예쁘게 내리는 날
먼발치에 아른거린 미소
탐스럽게 더 커 보인다

봄기운이 대지로 나갈 즈음
잎이 미처 나오기도 전
흐느껴 처연히 가지에
눈부시게 새하얀 저 자태
겨울 끝자락이 느껴진다

찬바람도 꽃샘추위도
두 팔 벌려 반겨줄 수 있는
순수함이 정겹다

시원한 바람 따라
뒷모습 빠져나온 순간
스치는 바람결에
진작 만났어야 할 미향

어느새 피워 놓은
사랑의 숨결
순결한 영혼

살랑살랑
살아 있는 결 고운 양지에
살짝궁 반해 버린
나비 같은 노랫가락
추억 속 갈채와 흠모하고픈 리듬이
마음 설레게 한다.

박덕은 作 [목련화](2020)

매화

줄기 잘려 나간
굽은 등걸에
혹한 견뎌내고 피워낸
불그스레 부드러운 미소

풀 나무 모조리 숨어 있어도
실핏줄까지 소롯이 솟아난
뽀얀 살갗

꽃망울 터뜨리고
은은히 이겨낸
그리움

찬바람이 대지 휘감아도
야트막한 가지 끝에
분홍 속살 보내온
풋풋한 새내기 꽃송이

다들 추위에 떨고 있을 때
봄 문턱에 용기 돋아
가지 가지에 매달린
해맑은 봄 선물

기승 부린 꽃샘추위
두려울 것 없다
주워진 소명 묵묵히
불의에 굴하지 않는
찬연한 향기 출렁인다.

박덕은 作 [매화](2020)

호수

청잣빛 반사되어
하늘도 구름도
집시처럼 유랑하다
호숫가에 가닿더니
포근히 감싸 안고
미소로 출렁인다

넘실대는 물결
그 내면을 바라보니
텅 빈 가슴에 움츠린 침묵이
아스라한 고독 되어
피어오른다

바람의 파장 따라
시린 아픔
추억의 목마름까지
물안개로 덮여 가슴 아리다

널따란 수면에
아득히 일렁이는
방랑의 잔물결 위에
다시 돌아올
애틋한 그리움 띄운다.

박덕은 作 [호수](2020)

겨울 바다

아무도 지나가지 않는 모래사장
눈 덮인 바다는
아예 찾아볼 수 없다

자기 마음인 양
은빛 튀어 오른 반짝임만
저리 눈부시다

쓸쓸한 계절에 더 쓸쓸한 고요
마음 줄 듯 안 줄 듯
말없는 소리에
외로움이 짙게 묻어 있다

풍류의 길 술렁이듯
어느 곳에 비교해도 뒤지지 않을
저 왕성한 푸르름
그윽한 설렘 가득하다

이제 곧 봄이 오면
화사한 유채꽃 해안길
바람과 비와 하늘빛 받아
그리움 가득한 유혹을 하겠지.

박덕은 作 [겨울 바다](2020)

봄비·1

찬바람 시샘하듯
가느다란 비
소리 없이 내린다

나뭇잎 들풀 돋아나
연초록 틈으로
촉촉이 기지개 켠다

잿빛 구름 따라 스친
낭랑한 새소리랑
개나리 꽃망울
노랗게 웃음 짓는다

창틀에 올망졸망 맺힌
즐거움과 기대감
설렘의 가슴속으로 흐른다

생명의 꿈틀거림

솔방울에 신비롭게 맺혀
고즈넉한 날

환하게 반겨 준
상큼한 산책길
메마른 감성에도
파릇파릇 향기 돋아난다.

박덕은 作 [봄비](2020)

봄비·2

연둣빛에도
보리밭에도
입맞춤하는 듯 잔잔히 내린다

거칠어진 마음도
새싹들 당당히 앞세우고
방울방울 꿈을 맞이한다

하늘 뚫고 내리는 속삭임은
가슴속 어디엔가
잔잔히 들리는 아련한 그리움

세상살이 찌든
우산들 씻기듯
순하고 따스하게 내린다.

천리향·1

달빛 섞어
사색에 젖는
키 작은 초록빛

상큼한 코끝으로
맞이하는
달달한 향수

붉은 보랏빛 숨긴 채
추운 겨울 이겨낸
앙증스런 꽃봉오리

천리 가는 향기
함께 나눌 대상 없어
가슴 저린 그리움

지워지지 않고
그윽이 스민
꿈속의 사랑.

천리향·2

아담하고 오묘한 수향꽃
눈 뜨자마자 창문 여니
고운 햇살 은은한 향기로
곁으로 다가온다

반갑고 신비로워
허리 굽혀 천천히
올망졸망 꽃봉오리 사이
처진 어깨 감싸 토닥여 주니
분홍꽃 큰 송이 피었다

봄 알리고자 얼굴 내밀고
천리길까지 향기 퍼뜨린
불멸의 사랑

온 세상 향 뿌려 행복 심고
추억 그리워 감격하는
맑고 우아한 꽃

지극히 안락하다

얼기설기 가지마다 푸른 잎
습한 것도 건조함도 없이
온 집안 정화시켜 놓고
진한 향 가득 뿌려 놓으니
덩달아 새로운 내일이 피어난다.

박덕은 作 [천리향](2020)

고구마 라떼

군고구마
깔끔하게 껍질 벗겨
우유 조금 넣어 잔잔한 숨결
보드랍고 달달한 인연

쌀쌀한 날씨
감싼 듯한 은은한 풍미
낙엽 소리, 노란색
맛과 향이 주는 독특한 매력

차갑게 혹은 묽게
입안에서 살살 녹아
물리지 않는 고소한 향

맛으로 색깔로 모양으로
어딘들 두드러지는
낭만의 정
문득 스치고 지나다 피어난

추억 보듬는 먼 먼 회상

세월에 뒤지지 않는
고유한 맛 후루룩
그 한 잔이
가볍고 든든한 한 끼 식사.

박덕은 作 [고구마 라떼](2020)

물안개

푸른 숲바다
는개 내리듯
은은히 피어오른다

토해내는 호수에
맛도 냄새도 없이
헤집고 뿜어낸 여명
그 위를 비행한다

뉘엿뉘엿 그림자 밟으며
일렁이는 풍경
보일 듯 말 듯
어렴풋하다

나뭇가지 사이로
노란 산자락과
건너편 거뭇한 사이로
움직이는 하얀 조화로움

거대한 서사시가 여기 있다

에워싸인 계곡 물소리
푸드득거리는 새들의 몸짓
가슴에서 감동 스멀거리는 호수
숙연한 비경이 실로 장엄하다.

박덕은 作 [물안개](2020)

늙은 호박

한여름 내내 뙤약볕에서 일하는
씨앗아기 많이 품은
아리따운 새댁

울퉁불퉁 깊은 주름 새기는 줄도 모르고
중심 무너지지 않게 받쳐준다

가을 향기 머금을 때까지
달지도 강하지도 않는 노랑 꽃
밤길 밝히고 있다

숨막힌 삼복더위 견뎌낸
기다림들이 처서 넘은 입동까지
건너간다

풍요롭고 여유로워
펑퍼짐한 품

호박죽에 찹쌀가루 걸죽하게 끓인
깊은 맛
그 속에 어머니의 사랑 담겨 있다

달콤한 맛과 향이 몽골몽골 솟아나
희미해진 옛 모습 아련히 떠오른다.

박덕은 作 [늙은 호박](2020)

노을

온 세상이 저 하나뿐인 듯
하늘 평야 바다를
황금빛으로 물들인다

저녁 하늘에 퍼지는 황홀함
다시 돌아오지 않을 오늘이
발걸음 붙잡는다

핑크색 넘나드는
기이한 구름
저기에선 무슨 일이
일어나고 있는 걸까

가슴 시린 하루의 일들
처연하게
마무리 다짐하는 시간
숨 고르기에 들어간다

이제 아름답게
빛나던 태양이
모두를 간직한 채
내일의 희망 위해
넉넉하게 나누어
잠시 작별 인사를 한다.

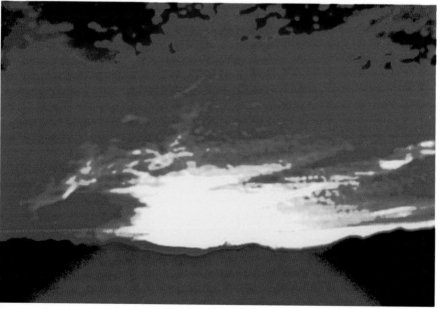

박덕은 作 [노을](2020)

구절초

아침 이슬 머금고
예쁘고 싱싱한
얼굴 내밀고 있는
가을 여인

군데군데 무리 지어
하얗다 못해 차라리 푸른빛 날리듯
조용한 들녘 그렇게
서 있다

새록새록 향기 품은
미소는
능선의 잔잔한 물결
오묘한 꿈속인 듯
어머니 사랑 알려 준다

솔향 국향 어우러져
정감 넘친 군락

짜릿한 꽃망울이 아름답다

산등성이 솔숲
선명한 무지개처럼
산책하는 즐거움에
흠뻑 젖는다.

박덕은 作 [구절초](2020)

입추

화려한 배롱나무꽃
두런두런 이야기 나누니
저만치서 가을이 손짓한다

머지않아
쉬어 갈 벤치에
갈바람 예약하는 날
바둥바둥 자리한
바람 끝이 다르다

마지막 낟알 살찌우는
길목에 자리한
불볕더위

따가운 햇살 통통
원기 회복 북돋는다

별빛 여름밤

쓰르라미 울어대니
초록 잔디 파란 하늘
오솔길 따라
님 소식 들려온다.

박덕은 作 [입추](2020)

폭포

숨어서 울던
좁은 길 조심스레 걷다가
절벽 타고
낭떠러지 향해
가파르게 퍼붓는다

시원스레 떨어지는
서럽고 차가운 물
덩어리진 슬픔이
거칠게 쏟아진다

기댈 데 없는 우뚝 솟은
달빛도 콸콸콸
내려친다

바위 타고 오르는
소나무의 질긴 생명처럼
세차게 퍼지며 비우는

물보라

내려놓고 비우기 위해
가슴에 앉은 오래 묵은 때
싹 씻어 내린다.

박덕은 作 [폭포](2020)

자작나무·1

시베리아 벌판 달리는
횡단열차 안에서
짜릿한 가슴
두근두근 설렜던 날

열정 뽐내기나 하듯이
아름드리 우뚝 선 순백의 자태
낭만의 시선으로 바라본다

이른 봄 연초록 새싹 피어나
톱니바퀴 잎사귀는
가을엔 곱디고운 단풍

혹한 이겨내 쭉 뻗은 고고한 맵시
푸른 하늘 향해 기다림의 연속
올곧게 살아온 나무

하얀 몸 수채화 그리듯

호기심 자극하고
심신이 정화된 풍경
이만한 호강이 또 있을까.

박덕은 作 [자작나무·1](2020)

자작나무·2

따스한 남쪽 마다하고
추운 땅 눈밭
처연히 풀고 나와
세월 묻어온
손끝 매운 단아한 자태

깊은 산 양지쪽
줄기 사이 햇살 쏟아지고
가슴에 품은 숲의 여왕

초심 잃지 않고
시원스레 뻗은 순수
오랜 풍파에도
뒤틀리지 않는
푸른빛 여정

하얀 수피 자르르
천년 흔들어대도 해지지 않는
길이 남을 고고한 사랑.

나목

이파리 떨구니
앙상한 그리움
쓸쓸히 서 있네

예쁜 옷 벗으니
볼품 없어
사이 사이 먼 거리
다 보이네

스산한 바람 소리에
허허로운
추억이 나부끼면

고운 보고픔
길가에 뿌려 놓고
마냥 기다리네.

양파

벗기고 또 벗겨도 나오는
영원한 생명

만져질 듯 오붓한
하얀 속살

시골 마당 작은 공간에도
돌담 휘어지는 당찬 향

감칠맛 나는
영양 만점 발란스

동글 납작
맛 좋은 소박한 채소

질병 예방에다 살도 빼는
만능 활력소

사각사각 달달하고 부드러워
가까이 하고픈 보랏빛 친구

어른 아이 모두를 위한
마음의 고향.

박덕은 作 [양파](2020)

능소화 · 1

초록 바다 갈망하는
고즈넉한 돌담
회색 줄기가
길 없는 길에서 꿈틀꿈틀

노랑빛 깔린 붉은 빛깔
휘몰아침 없이 잔잔해 보이니
화려하면서도 정갈하다

하늘 향해 의연히 헤쳐 간
기다림의 세월
푸른 소용돌이 만들고
깊어 가는 여름날
고귀한 양반집 오누이

눈길 끈 꽃
세상 누비며
화사한 다섯 개 꽃잎

도란도란
트럼펫 얼굴 내민다.

박덕은 作 [능소화](2020)

능소화·2

저녁 하늘로 퍼지며
활활 타오르는
주황빛 불꽃

기약도 없는
그리움의 발걸음
마냥 붙잡으며
담장 서성이는
시린 가슴

강물도 굽이굽이
헤어지다 다시 만나는데
발돋움해 보아도 바람만 불어
오늘도 말없이 임 향한다

칠흑 같은 어둠에도
보고픔에 사무치다
꽃송이째 뚝

돌담 너머
안타까이 기다리는
가슴앓이
침묵 속에 불타는
단 하나의 사랑.

박덕은 作 [능소화·2](2020)

미세먼지

형체도 없는 희뿌연 먼지
도심을 통째로 삼킨다

편서풍 타고
밀려온 자욱한 잿빛
체내로 이동한다

포근한 몸차림에도
흩날려 내려와
머물러 적신다

추위 가고 기온 오르니
빌딩도 한강도
한라산도 사라진다.

단풍

마음 움직이는
계절의 문턱에서
아무도 모르게
오색 빛깔 울긋불긋 풀어놓는다

짝사랑 같은 초록색 처음 이파리는
어느새 당신에게 물들어
우아하고 청명한
붉은빛 되고

곱디고운 저 완숙의 불꽃
활활 타올라
잎마다 심장이 뛴다

심심산골 당신이 하늘은 높아져 가고
들뜬 마음만 유유히 흐른다.

고구마

부슬부슬한 땅에
기다란 줄기 수놓는
황갈색 뿌리

어느 하나 버릴 것 없는
농부의 허기진 배를
채워 준 양식

구워서도 쪄서도
포실포실 통째로 먹는
그때 그 시절 간식

추억 듬뿍
시원한 동치미 곁들인
군침 도는 겨울철 별미

노랑빛 속살
다이어트에 좋은
단골 먹거리.

소낙비

이글거린 가마솥 더위
숨어 가리고

주룩주룩
세차게 퍼붓는 빗줄기

파라솔 펴서
의지할 곳 찾느라
두리번거리니

나의 신발도
먼지 낀 그리움도
깨끗이 씻어 내린다.

무등산

늦깎이 국립공원
따스이 감싸준 광주의 진산
등이 없어 무등일까
견줄 만한 등급 없어 무등일까

어머니 치마폭처럼
장불재 억새풀도
무등산 수박도
우리의 복이요 자랑

주상 절리 우뚝 선
서석대 입석대 기상
호남 일원 내려다보는
웅장한 모습

세찬 눈보라 몰아쳐도
찬란하게 빛날
억만년 넘게 버티리
믿음직하다 덕스런 산.

폭염

연일 계속되는
무서운 놈

더위 먹은
노을빛 고독

빠른 속도로
한 해 한 해가 다르다

몇 년 사이 점점 벌어지는
하늘의 저장 창고

차곡히 쌓인
한 줄기 불꽃.

국화

가을 향기
서리 서리 무더기로 피어올라
너른 방석처럼 안락하다

서리 맞아 홀로 핀 꽃
무르익은 향내
온유로워 사랑스럽다

펼쳐진 화사한 정감
앙증스러워 꽂아 놓은
꽃다발 한아름

고귀함이
실내에
가득 배어 있다.

코스모스

햇살 엷게 내리는
언덕배기
애수 짙은 가녀린 몸매

오롯이 핀 고운 맵시는
정갈한 가을 여인

진한 차향으로 유혹하듯
은은히 맴도는 화사함

지칠 줄 모르는
청초한 사랑
잠잠히 기다린다.

공원 둘레길

어느새
스산한 가을 끝자락

노란 새끼병아리
솜털 은행잎

떨어져
손으로 받으며 거니는 길

마음도 발걸음도
스치는 소슬바람

무심코 지내온 시간
호젓한 숲길

갈꽃 사르던 외로움
고요히 저물어 간다

낙엽 쌓인 길섶

노부부 정담 거느린

형형색색 아름다운 산책길.

박덕은 作 [공원 둘레길](2020)

진눈깨비·1

눈도 아닌 것이
비도 아닌 것이
세찬 바람 따라
흩날린다

쌓이지도 않고
모아지지도 않고

머리에
어깨 위에
흔적만 남기고 떠나간다.

진눈깨비·2

반갑지 않은
불청객

눈동자 불안정한
방랑자

변덕스런
얼룩무늬 그림.

박덕은 作 [진눈깨비](2020)

가을걷이

향기 가득한
들녘 가로지르며

살가운 햇살에
일렁이는 황금 물결

추억을 따고
그리움을 털어내는

가을은
양식의 창고.

이팝나무

바람에 흔들리는
하얀 봉오리
소복이 함박눈 매달았네

꽃에 매료되어
가까이 살펴보니
향기 가득 유혹하네

쉬이 져 버린 꽃 대신하여
길죽길죽 한들거린
날씬한 몸매

보릿고개 서러움
쌀나무 가로수길
풍족함이 눈부시네.

낙엽

곱게 물든 단풍
한 잎 두 잎

빗줄기에 나부끼니
스산하고 외로이
부서지고 떨어진다

우수수
쌓여 있는 길

꽃길 같아 걸어 보니
그리움 밟는 소리.

박덕은 作 [낙엽](2020)

들에 핀 봄

서둘러 그리움 담아
봄소식 파릇파릇

싱그러운 산에 들에
봄여울 알록달록

화사한 고운 미소
봄향기 오손도손

시샘하는 핑크빛
봄바람 화기애애

편안하고 그윽한
봄나들이 옹기종기.

박덕은 作 [들에 핀 봄](2020)

억새

따사로운 능선에
소박하고 아름답게
날아들어 속삭이는
편지

언덕 넘나들며
여기저기 다친 자욱
포근히 감싸 주는
솜사탕 물결

여유로움 가득히
가을 머문 곳
곱디고운 시심과 함께 펼치는
은빛 향연.

박덕은 作 [억새](2020)

소낙비

따가운 여름 하늘에
검은 옷 걸쳐 입은
느닷없는 소리
쏴쏴 내린다

잠시
멈추었다
다시 퍼붓기 시작한다

먹구름 번개
뒤따르며
펑펑 죽죽

대포 소리 으르릉
불빛 번쩍
온 천지 난리났네.

박덕은 作 [소낙비](2020)

무지개

깊은 산속 계곡에
고운 색채 타고
내려온 선녀

하늘과 사람 사이
소나기 놀다 간
예쁜 물방울 다리

사나운 폭풍 뒤에도
자비로운 손길
빨 주 노 초 파 남 보

어느 누가 만져 볼까
신기하게 꾸져진
햇빛 반원경

존재하는
모든 색깔의
아득한 전달자.

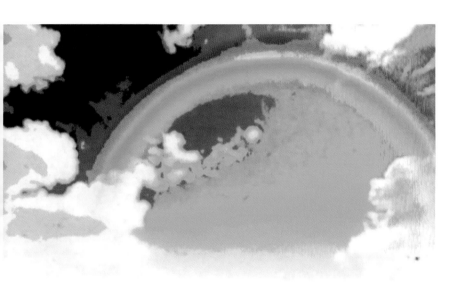

박덕은 作 [무지개](2020)

제4장 지금 여기에

세월

보이지 않는 게
몰래 살짝
더 멀리 바라보고
하루 이틀 한 달 두 달
갈고 닦아
도둑 같이 훔쳐 간다

순간순간 바구니에 담아
구름 같이 흘러
바람처럼
그렇게 가고 또 온다

어디서 왔다가
어디로 가는지
잠든 사이 몰래몰래
이팔청춘 살며시 훔쳐 가더니
오늘 아침에 일어나 보니
수십 년 이미 가져가 버렸다

힘겨워 주저앉아
엉거주춤 고개 돌리고
야속함 갉아먹은 눈
찰나 같은 하룻밤
그 시간마저 가져가 버려
내가 쓸 시간이
이제 조금밖에 안 남았구나

단순하게 드리운
달빛 별빛처럼
함께 웃으며 즐겁게
그렇게 살다 가리.

박덕은 作 [세월](2020)

그리움

길 걷다가
꽃 보다가
설거지하다가
바람 휘돌아
울컥 찾아온 향기

시린 순간
그 어떤 것도 채울 수 없는
추억의 빈자리

호수 따라 공기 가르며
만나고 또 만나는 응어리
늘 동행하는 희미한 그림자

못다 한 이야기 되새기고파
마음속 깊은 곳
함께 살아갈 수 있도록
비워둔 방 하나.

지금 여기에

한계는
어디까지일까
내가 걷고 있는 길이

신경 곤추세워
친구 만나거나
교회 간다거나
그 어딜 간다 해도

지금 여기
예쁘게 싹이 나온
시간과 공간 속에
나는 늘 갇혀 있다

날씨도 변하고 세상도 변하고
마치 구름이 흘러가듯
모든 게 변해서
기쁨이나 요행이 있다 해도

지극히 자연스런
수많은 선택의 결과로
분명 나는 이렇게 살아가고 있다

내가 걷고 있는 길
평평하고 늘 맑은 날만 계속 된다면
얼마나 단조롭고 지루할까

이젠 그 길이
날 지탱하는 힘이 된다고
깨닫게 되었으므로
화살표를 따라가고 있다

붙어 있으면 뿌리끼리 엉켜
제대로 자라지 못한 나무처럼
너무 가까운 탓에
서로에게 상처를 주기 쉽다

심술쟁이 칼바람으로
보라색 망울 터뜨려
결국 일으켜 세우는 것도 내 몫
지나간 밤은 더욱 파랗다

거친 언덕과 비바람 속을 지나며
점점 단단해지고 깊어져서
좋고 나쁜 것 옳고 그른 것
크면 큰 대로 작으면 작은 대로

저마다의 색깔이 다르다 해서
그 누구도 틀렸다고 하지 않아
내 색깔 그대로
지금 여기에 있으니까.

박덕은 作 [지금 여기에] (2020)

화실

이젤 위에
캔버스 세워 두고
알록달록

때로는
물에 비친 하늘과 구름
굽이 굽이 휘감아 돌며
서로 맺은 인연
그림 속에 담는다

집 주변의 꽃들
채송화 해바라기
단순하지만
파리에 있는 모네의 작품만큼
멋진 생각으로 그린다

수려한 비경에
우뚝 솟은 산줄기

보는 눈 따라
구도 잡는 붓 터치

솔방울 씨앗 되어
세월의 깊이만큼
쑥쑥 자라
암팡지게 영글어 간다.

박덕은 作 [화실](2020)

실신

거뭇거뭇한 그늘이
가슴속을 들락거리더니
갑자기 쓰러진다

넘어야 할 큰 산처럼
막아 선 오후

골절된 시간은
매스껍고 어지러운 물결로
울렁울렁 물멀미한다

창백함
파도 위에 눕혀지고

꿈결 같은 안온함
잿빛 수심으로 변한다

식은땀이

덮쳐 오고

강풍 휘몰아치는
발 아래로 반짝이는 별
절뚝거린다.

박덕은 作 [실신](2020)

4.19 혁명

삼일오 부정 선거 침묵을 걷어내고
오로지 민주주의 그 열망 갈망하며
독재에 항거하였던 청춘들의 혼불아

모래 속 쪽지 넣고 애절한 사연 적어
다 모여 나오라던 학생들 부르짖음
일시에 학교 담 넘어 모두 함께 뭉쳤다

물대포 쏘아대던 경찰과 맞서 싸워
너와 나 손 맞잡고 외쳤던 자유 함성
마침내 젊은 피 쏟아 바로 세운 이 나라.

세밑에

새로운 설렘
교차하는
한 해의 시작

흐르는 시간
막을 수 없는
인생의 나이테

오늘보다
지난날보다
소소할 일상

잔잔한 향기 날리는
사랑
남기고 싶다.

정읍

호남의 정맥
물결처럼 울렁울렁
근대화 앞당겼다

옥정호 상류 솔숲
뒤덮인 하얀 구절초
탁 트인 풍광 마주하니
호수에 밀려온 물안개
몽환의 풍경과 어우러진다

삼국시대 '정읍사'
백제 가요 '망부가'
멈출 수 없는 여인의 사랑
기다림의 미학

눈이 많이 오고 물이 풍부한
곳곳에 산과 계곡 사시사철 쾌적하니
야생화 오종종 피어 있는

인심 좋고 멋스러운 자연의 기운

조선 팔경 황홀한 내장산 가을 단풍
가히 견줄 만한 등급 없고
울긋불긋 내장사
번뇌와 혼란한 생각 버리라는
일주문의 깨달음 얻는다.

박덕은 作 [호수](2020)

165

마음

하늘이나 물속에 비친 달같이
좁은 창문으로 보이는 풍경처럼
생긴 일도 없는 일도
그 본성은 청정하기만 하다

왼쪽엔 귀가 살고
오른쪽엔 눈이 살고
보라색 호수와 어우러져
그 가운데 꽃망울 품고 살고 있다

고요함이
고고한 색과 향기로 감흥 되어
선하고 아름답게 바람 불 때
상념들이 씻기고 깨뜨리고 곧장 동요한다

연노랑 꽃망울은 어린 왕자의 별이 되어
우울했다 신났다 가라앉았다 이랬다 저랬다
밤에도 수많은 별들이 쏟아지고

하루에도 수천 번
롤러코스터 타고 지나간다.

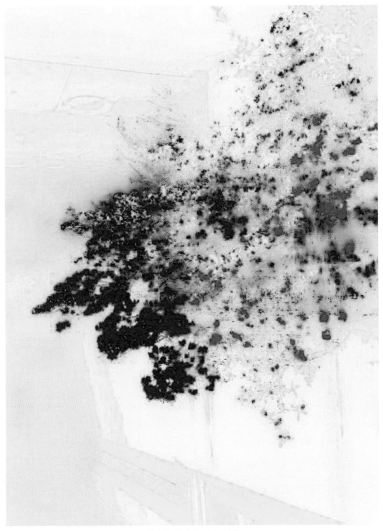

박덕은 作 [마음](2020)

보이차

묵을수록 향이 좋아
초가을 해질 무렵 오랜만에
둥글 넓적 덩어리 조금씩 부셔서
끓은 물에 소용돌이 만들어
뚝심 있는 고향집 시끌벅적한
길 없는 길에서 의미 찾는다

찰흑빛 주전자 고운 빛깔
독특한 향과 색깔 새털처럼 은은히
채우는 것보다 비움이 치유의 바닷길
갈빛 찻물이
향기롭고 기풍 있다

우려낸 한 잔
솟아오르는 뾰족한 생각
깊고 넓고 짙어
휘몰아침 없이 잔잔해 보이니
정신 맑게 마음 다스린다

누구일 것도 없이
두고 두고 이야깃거리 많은
차마고도* 길
엄마 품처럼
지친 몸 추스리는
세월의 흔적 고스란히 남아 있는
감성의 정 덕지덕지 붙어 있다.

---

* 차마고도:중국에서 티베트 넘어 네팔, 인도까지의 5,000km 교역로

박덕은 作 [보이차](2020)

초심

처음 다짐한 마음
가장 순수한 봄햇살

비어 있는 그곳에
몸도 맘도 파릇파릇

무얼 담을까
무얼 심을까

열정도 있고
호수처럼 맑은
땀방울도 있다

시간 지나
살포시
바람이 새어 나간다

무시로

왔다갔다
휘청거릴 즈음

정신 차려
만져 보고 되새겨 보고

첫 마음 저울에 달아
틈새 줄인다

퇴색되지 않는 열심
단단히 가다듬어

성큼성큼
걸어가자.

박덕은 作 [초심](2020)

묵은 피아노

이슬 같은
천사의 소리

모차르트
꿈꾸었건만

꽃씨 뿌린 지난날
부모 열정에 이끌려

두드린 대로
여린음 센음
마음대로 조율

옥구슬 듣지 못해
주인 없는 짐꾸러기

부피 크고 무거워
제 몫이라 기다린

대를 이은 주인은

언제쯤 나타날까.

박덕은 作 [묵은 피아노](2020)

추수감사절

추위와 굶주림에도
하나님께 감사했던
영국의 청교도들

자유 위해 신대륙 찾아
산더미 파도 이긴
유리하던 순례의 길

척박한 땅 일구며
농사 짓고 사냥 알려 준
인디언들의 고마운 도움

믿음으로 씨 뿌리고
기도로 황무지 땅 일구어
목숨과 맞바꾼 고난 이겨냈다

첫 추수 감격 속에
하나님이 돌봐주심이라

감사함이 유래된
추수 절기

씨 뿌린 첫 열매
과일 곡식 쌓아 놓은
큰 잔치 풍성하다.

박덕은 作 [추수감사절](2020)

박경리 기념관에서

예술의 향기 그윽한
작은 시골길 산양읍
원고가 있고
손수 쓴 재봉틀도 있고
소박한 선생님의 연보도 있다

동양의 나폴리 통영의 따님
백년을 태워도 태우지 못할
적막한 고독의 장을
펜 하나로 지탱했다

장엄한 산맥을 이룬 "토지"가
장장 26년을 이어 주는
대표작 집필 원고는
맑은 햇살 아래
하늘과 바다가
한가지로 푸르르다

공원 지나 뒷길
아담한 묘소에
묵념 올리니

'버리고 갈 것만 남아서 홀가분하다'는
그의 위대함이
보이는 듯.

박덕은 作 [박경리 기념관에서](2020)

거울 앞에서

멈추지도 쉬어 가지도
뽐내기 시늉하다
무섭게 흘러간다

기쁨도 슬픔도
언제 그랬냐는 듯
슬그머니 지나간다

몸뚱이는
하나 둘 망가져도
거침없이 가버린다

젊은 청춘
온데간데없고
주름살만 늘어간다

이 마음 그대로인데
무심히
또 그렇게 흘러간다.

지구본

한눈에 볼 수 있는
동그란 작은 우주

손가락으로 돌려보는
아기자기 알록달록
시간 간 줄 모르는
호기심

비스듬히 기울어진
수많은 나라
전날 못 보고 지나친 나라

꿈꾸듯
돌고 돌아 뻗어 가는
아담하고 야무진 공.

한실 문예창작 문우들의 작품집

오늘의 詩選集 Series

오늘의 詩選集 제1권

화장을 지우며
강만순 지음 / 144면

오늘의 詩選集 제2권

또 한 번 스무 살이 되고 싶은 밤
김숙희 지음 / 160면

오늘의 詩選集 제3권

사랑의 빈자리 될까 봐
박완규 지음 / 144면

오늘의 詩選集 제4권

유모차 탄 강아지
김미경 지음 / 112면

오늘의 詩選集 제5권

이 환장할 봄날에
신점식 지음 / 176면

오늘의 詩選集 제6권

작아지고 싶다
주경희 지음 / 176면

오늘의 詩選集 제7권

가을은 어디나 빈자리가 없다
전금희 지음 / 176면

오늘의 詩選集 제8권

쓸쓸함에 대하여
이후남 지음 / 176면

오늘의 詩選集 제9권

바람이 열어 놓은 꽃잎
문재규 지음 / 220면

오늘의 詩選集 제10권

단 한 번 사랑으로도
이호근 지음 / 176면

오늘의 詩選集 제11권

할 말은 가득해도
최승벽 지음 / 176면

오늘의 詩選集 제12권

비밀 일기
박봉은 지음 / 176면

오늘의 詩選集 제13권

꽃만 봐도 서러운 그날
한실 문예창작 동인지 제8집

오늘의 詩選集 제14권

마냥 좋기만 한 그대
최기숙 지음 / 176면

오늘의 詩選集 제15권

풀꽃향 당신
김영순 지음 / 176면

오늘의 詩選集 제16권

유리인형
박봉은 지음 / 176면

오늘의 詩選集 제17권

보고픔이 자라고 자라서
한실 문예창작 동인지 제9집

오늘의 詩選集 제18권

첫사랑
김부배 지음 / 176면

오늘의 詩選集 제19권

나는 매일 밤 바람과 함께 사라진다
박덕은 지음 / 240면

오늘의 詩選集 제20권

오늘도 걷는다
유양업 지음 / 176면

오늘의 詩選集 제21권

내 사람 될 때까지
전춘순 지음 / 176면

오늘의 詩選集 제22권

처음 사랑
한실 문예창작 동인지 제10집

오늘의 詩選集 제23권

당신에게·둘
박봉은 지음 / 176면

오늘의 詩選集 제24권

그 누가 다녀간 것일까
전금희 지음 / 206면

오늘의 詩選集 제25권

한 잔 술에 기둘 수 없어
이후남 지음 / 164면

오늘의 詩選集 제26권

그리움 머문 자리
이인환 지음 / 176면

오늘의 詩選集 제27권

사랑의 콩깍지
김부배 지음 / 176면

오늘의 詩選集 제28권

사랑은 시가 되어
최길숙 지음 / 176면

오늘의 詩選集 제29권

그리움이라서
이수진 지음 / 176면

오늘의 詩選集 제30권

그리움 헤아리다
배종숙 지음 / 176면

오늘의 詩選集 제31권

아직 끝나지 않은 이야기
장헌권 지음 / 176면

오늘의 詩選集 제32권

마냥 좋아서
한실 문예창작 동인지 제11집

오늘의 詩選集 제33권

그리움의 언덕에 서다
김부배 지음 / 176면

오늘의 詩選集 제34권

사찰이 시를 읊다
이수진 지음 / 176면

오늘의 詩選集 제35권

그대는 나의 누구인가
한실 문예창작 동인지 제12집

오늘의 詩選集 제36권

사랑은 감기몸살처럼
박봉은 지음 / 176면

오늘의 詩選集 제37권

그때는 몰랐어요
정주이 지음 / 176면

오늘의 詩選集 제38권

몰래 한 사랑
조정일 지음 / 192면

오늘의 詩選集 제39권

여백의 미학
한실 문예창작 동인지 제13집

오늘의 詩選集 제40권

이 환장할 그리움
김부배 지음 / 164면

오늘의 詩選集 제41권

지금도 기다릴까
유양업 지음 / 166면

오늘의 詩選集 제42권

사랑하기까지
한실 문예창작 동인지 제14집

오늘의 詩選集 제43권

나에게로 가는 길
전예라 지음 / 176면

오늘의 詩選集 제44권

지금 여기에
이양자 지음 / 184면

한실 문예창작 동인지

한실 문예창작 동인지 제1집
『한꿈』

한실 문예창작 동인지 제2집
『한꿈』

한실 문예창작 동인지 제3집
『당신의 쓸쓸함은 안녕하십니까』

한실 문예창작 동인지 제4집
『목련은 흔들리고 있다』

한실 문예창작 동인지 제5집
『그래도 한쪽 가슴은 행복합니다』

한실 문예창작 동인지 제6집
『좋은 걸 어떡해』

한실 문예창작 동인지 제7집
『아직도 사랑인가 봐』

한실 문예창작 동인지 제8집
『꽃만 봐도 서러운 그날』

한실 문예창작 동인지 제9집
『보고픔이 자라고 자라서』

한실 문예창작 동인지 제10집
『처음 사랑』

한실 문예창작 동인지 제11집
『마냥 좋아서』

한실 문예창작 동인지 제12집
『그대는 나의 누구인가』

한실 문예창작 동인지 제13집
『여백의 미학』

한실 문예창작 동인지 제14집
『사랑하기까지』

한실 문예창작 동인지 제15집
『시의 집을 짓다』

오늘의 수필집 Series

오늘의 수필집 제1권

그곳 봄은 맛있었다
최세환 지음 / 288면

오늘의 수필집 제2권

바람 따라 구름 따라 별빛 따라
유양업 지음 / 288면

오늘의 수필집 제3권

행복한 여정
유양업 지음 / 304면